한국 희곡 명작선 55

조선의 여자

한국 희곡 명작선 55

조선의 여자

최기우

평민사

쇠기우

조선의 여자

작품 내용

소리를 좋아하는 열일곱 살 처녀 송동심. 그녀는 밝게 살고 싶지만, 그를 둘러싼 이들의 삶은 언제나 그를 옥죈다. 도박판을 전전하는 아버지 송막봉과 본처인 반월댁, 아들을 얻기 위해 들였지만 자신을 낳고 식모처럼 사는 어머니 세내댁, 철없는 언니 순자, 횡령으로 직장을 잃은 형부 백건태, 일본에 충성을 다하는 남동생 종복…… 이들은 한집안이라고 말하기에 너무나 불편한 가족이다. 아버지는 돈에 현혹돼 딸을 팔아넘기고, 반월댁은 아들 종복이 황군에 끌려가는 것을 막기 위해 동심이 위안부로 가는 것을 허락하고, 형부 건태도 직장을 얻기 위해 처제를 넘긴다. 하지만 운명은 순자와 동심 자매 모두를 위안부로 끌려가게 한다.

태평양전쟁과 위안부, 창씨개명, 신사참배, 미군정 등 1940년대 해방을 전후로 숨 가쁘게 살았을 우리의 거친 가족사와 그 속에서 여전히 고통을 안고 사는 우리의 자화상을 살핀다. 위안부 문제가 더 비극적인 이유는 가족이 가족을 파는 것을 넘어 평범한 한 가정의 딸이었던 여성이 국가의 폭력에 희생되었다는 것. 작품은 일개 가족의 이야기로 그려지지만, 속내는 국가의 폭력이며, 시대의 아픔이다.

구성_4막 12장

ㅇ 1막 〈봄〉
1장 〈동심의 노래〉 2장 〈순자의 혼례〉 3장 〈안하무인〉
ㅇ 2막 〈여름〉
1장 〈후안무치〉 2장 〈한 통속〉 3장 〈젊은 여자다〉
ㅇ 3막 〈가을〉
1장 〈기미가요〉 2장 〈지게〉 3장 〈무서운 사람들〉
ㅇ 4막 〈겨울〉
1장 〈너는 누구여〉 2장 〈꿈이여 꿈〉 3장 〈동심만리〉

등장인물

송막봉 - 남, 50대 초반, 아버지.
반월댁 - 여, 50대 초반, 막봉의 본처.
세내댁 - 여, 40대 초반, 막봉의 후처.
송순자 - 여, 20대 전후, 막봉·반월댁의 딸, 건태의 아내.
송동심 - 여, 10대 후반, 막봉·세내댁의 딸.
송종복 - 남, 10대 후반, 막봉·반월댁의 아들. 국민학교 선생.
백건태 - 남 30대 전후, 막봉의 사위, 순자의 남편.
임구장 - 남, 50대 초반, 동네 구장
헌병들, 마을 사람들

때

1940년대

곳

전주 인근의 어느 마을.

무대

한쪽에 방, 마루, 부엌문, 마당이 있는 작은 초가집. 대문 옆에 빈 지게가 서 있고, 바로 옆에 나무를 얼기설기 엮고 문이 낮아 얼굴이 보이는 변소가 있다. 그 옆에 큰 물항아리가 있는 장독대. 무대 한쪽은 거리, 천변, 노름판 등으로 다양하게 쓰인다.

공연이력

○ 제작: 까치동
○ 연출: 정경선
○ 출연: 김경민 김준 신유철 유동범 윤종근 이미리 전춘근
　　　　정준모 조우철 지현미 하형래
○ 공연 현황
　　2020년 5월 9일 전주우진문화공간
　　2013년 11월 2일 세종문화예술회관

1막 〈봄〉

• 1막 1장
〈동심의 노래〉 (1943년 봄, 저녁, 집 방)

구석에 콩나물시루가 있다.
동심이 종복의 옷을 바느질하며 소리 한 대목을 흥얼거린다.

송동심 (판소리) 가난이야. 가난이야. 원수녀르 가난이야. 또, 가난
이야. 원수녀르 가난이야~ 또또, 가난이야~

세내댁이 들어와 콩나물시루에 물을 끼얹는다.

세내댁 야학당 안 가냐?

송동심 헐 일 태산이여.

세내댁 종복이 옷은 내가 꿰매고 데릴 것잉게, 니는 싸게 가서
공부허고 오니라. (종복의 옷을 가져가서 바느질한다) 아부지헌
티 들키지 말고.

송동심 매곡교 옆으 투전판에나 갔것지. 근디, 아부지는 뭔 돈으
로 노름허고 댕기는지 몰라.

세내댁 긍게 말이다. 참말로 재주도 용허지. 니는 공부 열심히
히서,

송동심 공부? (아버지 말투로) 가시내가 공부는 혀서 뭣 헐라고?

세내댁 나 같은 일자무식이 보담야 안 낫것냐. 사람이믄 지 이름자는 쓸 줄 알아야.

송동심 나는 내 이름 쓸 줄 앙게, 핵교는 (말꼬리를 내리며) 안 가도 돼.

세내댁 (슬쩍 눈치 보고) 다시 댕기고 싶냐?

송동심 안 그려. 학교 생각 허믄 지금도 귀퉁이가 막 얼얼 혀.

세내댁 선상님이 그런 건디, 어쩌.

송동심 선상님은 무신. 선상님이 군복 입고 칼 차고 댕기는디? 우리가 조선말 허믄 막, 귀싸대기를 치는디?…… 시도 조선사람임선.

세내댁 지가 뭐여, 지가. 선상님헌티…… 글도 종복이는 졸업허고, 전주사범 강습소 댕기서 국민핵교 선상님 헝게 얼매나 대견허냐?

송동심 대견은 무신. 엄니는 갸들헌티 만날 무시당험선 뭘 그리 챙기싸.

세내댁 아이가~ 갸들이 뭐여, 형제지간에. 글고 갸가 송 씨 집안 자랑 아니냐?

송동심 갸는 조선 사람 아니고, 일본 사램이여. 니뽕징. 송 씨 아니고, 소무라라잖여, 소무라.

세내댁 시상이 일본 시상인디 어찌것냐? 니도 종복이처럼 일본말 잘 배워갖고…… 아니다, 아니여. 니는 존 사램 만나서 언능 시집이나 가.

송동심	시집은 무신. 참, 낼모레 순자 언니 혼례라고 안혔어?
세내댁	긍게. 뭔 혼례를 번갯불에 콩 볶듯이 허는가 모르것다.
송동심	신랑이 누구랴? 순자 언니 소갈머리 당해낼라믄 보통은 넘어야 헌디. 뭐 허는 사람이랴? 어쩌게 생깄어?
세내댁	나도 몰러. 나헌티까장 그런 말은 안 헌 게.
송동심	우린 혼례나 보고 떡이나 묵으믄 될랑가?
세내댁	니까장 돌아올 떡이 있을랑가, 없을랑가?
송동심	엄니가 고생허것네.
세내댁	그런 말도 할 줄 아냐?
송동심	나도 벌써 열일곱이여. (눈치를 보고) 엄니~, 나, 야학당 말고…… 권번 가서 소리 배울까?
세내댁	염병허네, 썩을 년. 그런 소리 헐라거든 기냥 자빠져 자.
송동심	춤하고 노래만 배우는디, 뭐.
세내댁	화류계로 나가믄 인생 배리는 겨. 말짱 황이여, 황.
송동심	엄니는 화류계도 아닌디, 왜 말짱 황이여? 소리는 재밋기라도 하제…… 내가 갈치 줄까? 따라히봐.
	(판소리) 가난이야. 가난이야. 원수녀르 가난이야.
세내댁	야야, 기왕지사 헐라믄 재미진 걸로 혀야지, 원수녀르 가난이 뭐여.
송동심	그믄 돈타령이나 히야제.
	(판소리) 얼씨구나 절씨구. 절씨구나 얼씨구. 돈 봐라. 돈 봐라. 잘난 사람도 못난 돈. 못난 사람도 잘난 돈. 둥글둥글 생긴 돈, 생살지권을 가진 돈, 부귀공명이 붙은 돈. 이

놈의 돈아! 아나, 돈아! 어디 갔다 이제 오느냐?

세내댁 긍게 말이여. (도섭) 염병할 놈의 돈아! 대관절 어디 있느냐? 내 팔자에 부귀공명이 있기는 허냐? 아나, 돈아. 아나, 똥이다.

세내댁과 동심이 흥겹게 놀고 있을 때, 종복이 문을 세게 연다.

송종복 (큰 소리로) 고레고레 우레사이 다마레.[1]

세내댁 (놀라서) 종복이, 왔냐? (옷을 보이며) 내가 이것을 빨리 히주야 헌디.

송동심 쟤, 뭐래?

송종복 고레고레 시스카니시로.[2]

송동심 여가 학교냐? 조선말로 혀라.

송종복 조용히 하라고. 동네 창피하게 뭐 하는 거야?

송동심 뭣이 창피허냐? 쇠전강변 약장수가 소리꾼 델꼬오믄 지도 좋다고 귀경가믄서.

송종복 소리가 그렇게 좋으믄, 똥이나 싸면서 흥얼거려. (바느질하던 옷을 빼앗고, 한 사람씩 가리키며) 빠가야로, 빠가야로.

종복이 문을 세게 닫고 나간다.

---

1) これこれ, うるさい, 黙だまれ. 이봐 이봐, 시끄러워, 조용히 해.
2) これこれ, 静しずかにしろ. 이봐 이봐 조용히 해.

송동심 (쫓아 나가며) 뭐? 빠가야로? 이 쪽발이 새끼가.

세내댁이 익숙한 듯 바라보다가 콩나물시루에 물을 준다. 암전.
(T) 물 떨어지는 소리. 암전 속에서 계속 들린다.

• 1막 2장
〈순자의 혼례〉(1943년 봄, 저녁, 집 마루·마당)

마루. 상에 쌀·물 대접, 초 두 개가 있다.
일상복을 입고 멀리 떨어져 앉은 신부(송순자)와 신랑(백건태). 신부 곁에 반월댁, 신랑 곁에 막봉. 신랑 빼고 모두 표정이 좋지 않다.

송막봉 (헛기침) 시방, 우리 형편이나 자네 형편이나 다 그렇게, 이해는 헐 것이고.

반월댁 야가 뭐시 부족혀서 이렇게 도둑 혼사를 치러야 허는가 싶어서, 나도 맴이 편하든 안 해. 우리가 시방 없이 산다고 야를 시피 보든 말고.

백건태 예, 잘 알겠습니요.

반월댁 아무리 급히 하는 혼인이래도 천지신명흔티 인사는 히야 헌 게. (일어서며) 싸게 인나서 절이라도 허고.

세내댁이 보따리를 들고 급하게 들어온다.

세내댁   쪼매 늦었네요.

반월댁   손 바쁜 날에 어딜 쏘댕겨?

세내댁   (보따리에서 신랑·신부 옷을 꺼낸다) 아무리 그리도 딸내미 혼산다,

송막봉   야가, 자네 딸이여? (반월댁 보고) 이 사람 딸이지.

송순자   (옷 보고 밝아지며) 오매, 오매. 세내댁, 이런 건 어디서 구했대?

백건태   (신랑 옷을 입으며) 아따, 세내댁 수완이 좋구만. (막봉이 헛기침을 하면) 세내댁이 아니라 작은 어맨가?

세내댁   (상에 청실홍실을 놓으며) 다 공출혀서 긍가, 실 쪼가리 구허기도 어렵대요.

송막봉   낼 신식으로다가 동문 옆의 전주사진관 가서 한 방 박을라고 혔는디.

반월댁   돈 많은가 비네. 어디서 사진을 박어, 사진을.

송막봉   말하는 꼬라지하고는. 우리 장남 송종복 선상님이 즈그 누이 혼인헌다고 사진 비용 전액을 헌사 허기로 혔어.

세내댁   오매, 참말로 장남은 장남이네요. 우리 동심이 때도 해 줄랑가?

반월댁   동심이를 어따 대? 갸가 야랑 같어?

세내댁   (주눅 들어) 그런게요. (말 돌리고) 근디, 종복이는 안즉인가요?

송막봉   갸가 보통 바쁜 사램이여? 핵교 선생님인디. (밖을 살피고) 기냥 우리끼리 시작 허드라고. 똥심이년은 어디 갔어?

세내댁   구장[3] 어른 모셔 오라고 보냈어요.

송막봉   구장? 그놈아를 뭐허게?

반월댁   아녀, 아녀. 잘 힛네. 순자 혼인을 구장은 알아야 헝게.

동심이 임구장을 데리고 들어온다.

임구장   뜬금없이 뭔 혼례를 치른다고 야단이여, 야단이. (순자 보고) 어마, 우리 순자 시집가는 갑네. (주위를 둘러보고) 이게 뭐여. 십장생 그려진 열두 폭 병풍도 읍고, 암탉도 읍고, 장닭도 읍고, 사램도 읍고, 재미도 읍고.

반월댁   사정 아시믄서 왜 그러신데요.

송막봉   시끄런 소리 헐라믄 가고, 아니믄 싸게 집사라도 보든가. (동심 보고) 똥심이 너는 뭐허냐? 싸게 나가봐. 우리 장손 오시는가.

송동심   장손은 겁나게 바쁜 게. (막봉이 성을 내면 도망치듯 나간다)

임구장   (신랑을 살피고) 신랑이 건태여? 아따, 수지맞았네. 처녀 장개를 다 가고. 너 지금도 술 처먹고…… 아니다. 오늘은 존 날잉게. (혼례상을 마당으로 옮기며) 혼례는 떠들썩해야 허는 거여. 자, 신랑신부 나올 준비혀라.

---

3) 일제강점기 행정 구역의 하나인 구(區)의 책임자. 지금의 통장이나 이장에 해당한다.

동심이 종복을 데리고 들어온다.

송막봉·반월댁　(반기며) 우리 장손 왔는가? 밥은 먹었는가?

송종복　학교에 급한 일이 있어서 조금 늦었습니다.

송막봉·반월댁　알제, 알제. 암만.

송순자　(달려 나오며) 야, 너 뭔 일 있냐? 왜 나헌티 돈을 쓰고 그려?

송종복　싫어? 싫으면 말어.

세내댁　(나서며) 순자가 싫어서 그러것어. 생전 첨으로 사진 찍는 당게 떨려서 그러제.

송종복　별거 아냐. 펑, 하고 번개 칠 때, 눈만 안 감으면 돼.

반월댁　아따, 우리 장손은 모르는 것이 없당게.

송동심　종복아, 나도 사진 한 방 박아보고 싶은디.

송종복　절루 가라.

송순자　동심아, 내일 나 사진 박을 때, 고개를 요렇게 내밀어.

송동심　(고개를 내밀며) 요렇게?

동심의 표정에 가족 모두 웃음.

임구장　식구들이 모다 모였응게, 시작허세.

다들 자리를 잡고, 세내댁·동심이는 순자에게 연지곤지를 찍어 준다.

임구장   에험. 인자, 진짜 허네. 백건태 군 허고, 송순자 양 허고, 혼례식을 거행허것습니다. 에험. 백건태 군은 일찍이 원통부락의 소문난 수재로, 전주부청서 잠시 근무를 혔는디, 참, 돈이 뭔지,

건태의 표정이 심하게 일그러지며, 임구장을 노려본다.

송막봉   (성을 내며) 고만 혀. 쓸잘데기 없이 그런 말을 왜 혀.
임구장   (헛기침하고) 장인이 고만허라고 헝게, 고만헙니다. 신부 송순자 양은 전주최씨간장공장 공장장으로 근무를 허다가 모든 재산을 도박꾼들에게 희사허신 부친 송막봉 씨와.
송막봉   (성을 니며) 고만허랑게.
임구장   장난이여, 장난. 우리끼린디 어쩌. 여튼, 이번에는 딸 친정 아버지가 고만허라고 헝게. 고만 허고. 기냥 신랑 입장.

건태가 혼례상으로 걸어온다. 다리를 전다. 상 앞에 서고.

송동심   생긴 것이 꼭 일본놈 앞잽이 같어.
세내댁   야야, 말 말어라. 그리도 니 형분디.
임구장   다음은 어여쁜 신부 송순자 입장.

순자가 동심의 도움으로 혼례상 앞에 선다.

15

임구장　자, 먹고 살만 헌 집이서는 보통, 시자집안이종, 험선, 기러기도 놓고, 절도 여러 번 허는디, 여그는 못 상게 절만 몇 번 허고…… 아차차, 화촉부터 밝혔어야 흔디. 어쩐다냐? (반월댁·세내댁 보고) 아, 참말로 다행이네. 초가 두 개고, 여그 신부 측 엄니도 둘잉게. 둘이 사이좋게 나와서 불을 켜믄 쓰것네.

세내댁이 나오려고 하면 반월댁이 눈치를 준다. 반월댁만 나와 초에 불을 밝힌다.

임구장　신랑 절 한 번, 신부 절 두 번, 신랑 답배. 알아서 혀.

신랑이 절 한 번 하고, 신부가 절 두 번 하고, 다시 신랑이 한 번.

임구장　똥심아, 가서 신랑헌티 술 한 잔 따라 주니라.

동심이가 신랑에게 술을 따라 준다. 마시고, 신부에게 잔을 돌린다.

임구장　(막봉이 눈치를 주면) 아차차, 또 까먹을 뻔힛네. 식을 끝내기 전에, 송 씨 집안 장손이자, 우리 동네의 자랑인 송종복 선상님의 말씀이 있겠습니다.

송막봉　집사 노릇을 인자사 지대로 허는구만.

송종복　(거절하다가 나와서) 소무라(宋村), 종복입니다. 먼저, 누이 혼사를 축하드리고. 음…… 혼인은 개인의 일이 아니라, 국가의 중대사입니다. 누이와 매형, 건사할 만큼만 아이를 낳고, (폼을 잡고) 텐노오노 타메,[4] 국가에 충성하는 인재로 키우시기 바랍니다. 아, 혼례가 끝나면 다가산 신사에 가서 예를 올리세요. 조선인에게도 개방했으니, 얼마나 영광스러운 일입니까?

종복의 말에 사람들 웅성웅성한다. 동심은 "영광은 무신" 하다가 세대댁의 퉁을 받고, 건태는 고개를 끄덕이지만, 순자는 고개를 좌우로 흔들며 "나는 싫어" 한다. 막봉과 반월댁은 그저 기특한 표정이다.

임구장 참말로 지당헌 말씀이십니다…… 자, 이대로 기냥 끝나믄 재미가 없지. 전주 혼례는 소리가 빠질 수 없는디, 우리는 돈이 없응게 명창은 못 부르고, 전주권번을 달포 댕기다가 월사금 못 내서 쫓기난 순자 동생 똥심이가 소리 한 자락 허것습니다.

송막봉 저것이 뭘 헐 줄이나 알가디.

송동심 (나서며) 내가 젤로 잘 허는 것은 가난타령인디, 어쩐대요?

반월댁 야야, 허지 마라. 가난, 가난 지긋지긋허다.

송동심 아녀, 다른 거 있어요. 잘 들어보시오.

---

4) 天皇のため. 천황을 위해.

동심의 서툰 소리에 세내댁과 임구장이 후렴구를 따라한다.

송동심 (판소리) 여보소, 세상 사람들아, 내 노래를 들어보소. 세상에 좋은 것이 부부밖에 또 있는가. 순자 언니 부부가 박을 타는데, 꼭 이렇게 타는 것이었다. 에이 여루, 톱질이야. 당기여라, 톱질이야. 형부랑 언니랑, 타는 박마다 쌀 나오고, (쌀 나오고) 타는 박마다 돈 쏟아지고, (돈 쏟아지고) 타는 박마다 휘황 찬란 금은보배, 일광단 월광단, 산더미 같은 비단포목이 노적가리처럼 쌓이고, (쌓이고) 수천수만 재물이 꾸역꾸역 나오니라. (나오니라)

임구장 아따, 재미지다. 자, 혼례는 성대허게 끝이 났고. 신랑신부는 하객에게 인사 허고, (건태 · 순자가 객석에 절하고) 저 방에 들어가서 푹 쉬라고, 푹 쉬어. 쉬라고 진짜로 쉬는 것이 아닌 줄은 알제. 순자는 몰라도 저놈은 잘 알 겨. 허허.

건태가 순자를 데리고 방으로 들어간다.

임구장 야들이 첫날밤을 예서 치르믄, 아따, 막봉이. 겁나게 부럽고만, 오늘은 큰 각시, 작은 각시 함께 데리고 자야 긋네.

송막봉 뭐라는 거여, 시방.

세내댁 지랑 동심이는 부엌서 잘게요. 예배당 가도 되고.

송막봉 욕 봤응게, 술이나 한잔 허고 가. 뭣 허냐, 술상 차리 와라.

막봉과 임구장은 마루에 앉고, 세내댁이 동심을 데리고 밖으로 나온다.

송동심　오늘따라 순자 언니가 순허네.

세내댁　시집 가니깐 어른이 되는 갑다. 니도 후딱 시집을 가야 헐 것인디.

송동심　쪼까 부럽기도 히고, 한 개도 안 부럽기도 허고.

반월댁　(나와서) 상 챙기라는디 거서 뭣 허고 있어?

세내댁　아, 예. 가요.

세내댁과 동심이 서둘러 들어간다. 암전.

• 1막 3장
〈안하무인〉(1943년 봄, 밤, 집 마루 · 마당)

마루에 술상. 임구장과 송막봉, 반월댁이 있다.

임구장　(막봉에게 술을 받으며) 조선 천지가 난리여, 난리. 처녀들 시집보내느라고. 저그 김제서는 집에서 가마니 짜다가 일본 순사헌티 잡히고, 정읍서는 집 옆에서 밭매다가 헌병헌티 잡혀갔대.

반월댁　뭔 죄를 짓가디요?

임구장 열댓 살 먹은 것들이 뭔 죄를 지었것어, 힘없고 돈 없고 가진 것 없응게 그냥 거그로 끌리간 거지?

반월댁 어디로요?

임구장 나는 몰르지.

송막봉 그만혀. 전주서는 그런 일 없응게. (반월댁 보고) 씨잘데기 없는 소리 듣지 말고 고들빼기라도 있으믄 쪼께 가꼬와.

반월댁 (일어서며) 고들빼기 짐치 떨어진 지가 언젠디…… (나가며) 뭐가 있을랑가 없을랑가.

임구장 (눈치 보며 작은 목소리로) 어쩔라고 그릿어? 건태가 절름발이 병신이어도 보통이 넘는 놈인디. 건태헌티 숭잡힌 거 있어?

송막봉 뭐라는 거여, 시방.

임구장 건태 흔티 오까네[5] 좀 털었는가?

송막봉 조용히 혀.

임구장 부자는 망히도 삼 년은 간다듬만. 전주부청 말단서 횡령 죄로 쫓기나고 그 빚 갚느라 생그지 된 줄 알았는디, 챙기둔 것이 있었는 갑네.

송막봉 씨잘데기 없는 소리 말고, 술이나 받어.

임구장 자네나 건태나 참말로 재주는 좋아. 오까네 챙기고 딸 시집보내고, 오까네 쪼까 빌리 주고 새 장가가고. 꿩 먹고 알 먹고, 도랑 치고,

---

5) おかね(御金), 돈.

송막봉　고만허랑게. 승질 돋구지 말고.

임구장　참, 담달에 큰판 있는디, 어뗘?

송막봉　돈이 있가디.

임구장　왜 없어. 자네도 사위랑 동병상련인디, 어디 숨겨둔 재산 없어?

송막봉　그란 거 없응게 잔말 말어.

임구장　오까네 없으믄 빌리믄 되고, 빌린 오까네로 따시 갚으믄 되지.

동심이가 안주를 가져와 놓는다.

임구장　똥심아, 너는 뭣 허고 사냐?

송동심　기냥 저냥.

임구장　젊은 아가 왜 그려? 너 돈 벌 생각 없냐? 내가 예전에 말 힛잖어. 평양 비단공장이든, 대구 제사공장이든, 취직만 허믄 돈 많이 번다고.

송동심　여그서도 쬐께씩은 벌어요.

송막봉　구장님 말씀 허시는디, 뭔 토를 달어, 토를. 공장 댕김선 몇 푼이라도 벌믄 좋제.

임구장　그려. 다시 잘 생각히봐. 그리야, 니 아부지 땜시 고생고생 허는 엄니들 호강시켜주지.

반월댁　(안주 내오며) 길 건너 길자도 광주 뭔 공장 갔다고 허드만…… 시집 밑천은 벌어야지. 전주도 공장은 있응게, 니

21

맴만 있으믄,

송막봉 자네는 가만 있어. 남정네들 말씀 허시는디,

반월댁 왜요? 더 팔아먹을 거 없을까 봐? 위로 네 딸을 다 팔아
먹고,

송막봉 조용히 안 혀. 요것이 요즘 통 안 맞았더니, 주둥팽이가
살어가꼬.

반월댁 아들 와 있어. 당신이 애지중지 허는 3대 종손 종복이.

송막봉 아따, 아들이 유세다, 유세.

임구장 (동심이 보고) 똥심아, 이런 집구석서 살긋냐? 멀리 가브
리야지. 맴 있으믄 말혀.

송동심 어딘디요? 들어나 보게.

임구장 일본 사램이 운영하는 공장인디, 간장공장.

송막봉 뭐여, 간장공장? (구장의 멱살을 잡으며) 시방, 나를 놀리는
거여?

임구장 진짜여, 진짜. 내 조카가 있던 곳이여. 월급을 십 원이나
준다고.

송막봉 (멱살을 풀면서) 십 원? 뭔 월급을 십 원씩이나 줘?

임구장 공장 일도 하믄서, 사장 아이도 봐줌선, 집안일도 도우
믄, 먹고 자는 것도 걱정 없어. 아, 거가 부산이여, 부산.

송동심 부산이요? 거가 먼지, 가깐지는 몰라도, 엄니 두고는 전
주 안 떠나요.

송막봉 (동심을 밀치면서) 월급 많이 준다는 공장도 싫다, 부잣집
첩살이도 싫다, 어쩌라는 거여, 시방. (성을 내며) 그믄 소

릿기생이라도 허든가.

세내댁 (나와서 막봉을 막으며) 안 돼요. 첩살이도 안 되고요, 간장공장도 안 되고, 식모살이도 안 되고, 소릿기생도 안 돼요. 아부지란 사램이 어떻게,

송막봉 이런 우라질. 나만 그러간디.

반월댁 그만 좀 허시오. 하루 이틀도 아니고.

송막봉 너는 또 왜 니서?

임구장 막봉이 나가자고, 나가. 본정통 가서 한잔 혀. 지금 3대 2 여. 우리가 숫자서 밀려.

임구장이 막봉을 데리고 나간다.

송막봉 이런 우라질. 퉤.

동심은 방으로 들어간다.
반월댁이 항아리 쪽으로 간다. 앉아서 한숨을 쉬다가 항아리를 닦는다.

세내댁 성님, 서운허네요. 동심이요, 첩살이는 못 보내요. 부산인가 어딘가도 못 보내요.

반월댁 누가 보낸데.

세내댁 그믄 왜 그리싯데요.

반월댁 시집 밑천 벌어서 시집가라는 말이 서운헌가?

세내댁　…… 그만 좀 닦아요. 항아리 뚫어지긋네요.

반월댁　예전 그 큰살림서 남은 건 이 항아리뿐이여. 이것도 다
　　　　　부질없는디…….

반월댁이 나간다.

세내댁이 원망하듯 보다가 혼례에 쓴 물사발을 가져와 항아리 위
에 놓는다. 달을 보다가 항아리 앞에서 비손을 시작한다. 암전.

2막 〈여름〉

• 2막 1장
〈후안무치〉(1943년 여름, 낮, 집 마루 · 마당)

(E) 매미 울음, 크게 들린다.

마루에서 반월댁이 열무를 다듬고 있다.

집 뒤에서 순자가 나온다. 눈이 벌겋다.

송순자　(뒤를 보고) 못 산다고! 못 산다고! 못 산다고! 왜 나만 참아야 혀? (다가오며) 엄니, 나보고 죽으래. 시댁 가서 죽으래. 그것이 아부지가 헐 소리여?

반월댁　어쩌것냐. 백 씨 집 사람 됐응게, 살아도 그 집서, 죽어도 그 집서,

송순자　엄니도 똑같어…… 내가 시집을 간 건지, 식모살이 간 건지, 잘 모르것당게. 낼모레가 고조아버지 제사라는디, 얼굴도 모르고, 죽은 지 백년도 더 된 양반 제사를 내가 왜 지내줘야 혀?

반월댁　여자들 사는 것이 다 그려.

송순자　엄니, 나 못 살것당게…… 글고, 술만 먹으면 지랄을 헌당게. 아예 딴 사람이여, 딴 사람. 내 팔자가 엄니도 둘, 아부지도 둘이여, 둘.

반월댁 남정네들 다 그렇지, 뭐. 니가 더 조심허고, 조심허고 살다 보믄 차차 존 날 오것지.

송순자 엄니는? 엄니는 아부지랑 얼매나 더 살아야 좋아지는디?

반월댁 그리도 옛날에 비허믄 양반이지.

세내댁이 물장수처럼 물통을 메고 들어와 항아리 옆에 놓는다.

세내댁 순자 왔냐? 출가 헌 사램이 맨날 친정 오믄 시댁서 뭐라고 안 허냐?

송순자 세내댁이 뭔 상관이야.

세내댁 얼굴은 또 왜 그려? (살피고) 아이가~ 썩을 놈으 새끼. 또 맞은 겨?

반월댁 아녀, 아녀. 장작 쪼개다가 튀어갖고 그른데. (세내댁 보고) 즈그 제사가 곧인디, 어째얄랑가 싶다고 왔어. 어여, 가그라. 가. (열무를 싸주며) 열무 좀 가지가라. 물에 너무 오래 담가 두믄 쓴 맛 낭게, 쫌만 담그고.

반월댁이 안 가려고 하는 순자의 등을 떠밀어 내보낸다.

세내댁 얼릉 가그라. 동구나무 옆이서, 명탠지, 건탠지, 고주망탠지 허는 작자가 서성이드라. 창피헌 것은 아는가, 내가 봉게 후딱 숨어버리드만.

순자는 옆에 놓인 지게 작대기를 발로 차서 지게를 쓰러트린다. 침을 퉤, 뱉고는 나간다.

반월댁·세내댁 성깔머리하고는.

반월댁이 지게를 세운다.

반월댁 (순자가 사라진 방향으로) 조심히 가그라. 싸우들 말고, (더 큰 소리로) 열무 절일 때 여러 번 뒤집으면 풋내 난다, 잉.

세내댁 갔어요, 갔어. (항아리에 물을 따르며) 나도 엄니나 마찬가진디, 이 무건 것을 미고 있으믄 뽀짝 달리와서, 잘 기셨냐고, 무건 거 들고 가시느라 욕보신다고, 험선, 좀 들어줄 일이지, 썩을 놈. (눈치 보고) 본정통 가믄 수돗물이란 것이 있어서, 뭣만 돌리믄 물이 콸콸 콸콸 쏟아진다고 헙디다만, 언제나 존 시상 와서 물장시 소리 안 들을랑가요.

반월댁 돈이 썩어 문드러졌는갑다. 쪼깨만 써도 삼사 원이 넘는다등만.

세내댁 몸이 썩어 문드러지는 것보담야 싸것지요…… (반월댁이 노려보면) 성님, 그거 들었어요? (귀에 대고) 일본 헌병들이 처녀들을 잡아간다고.

반월댁 나도 귀가 있응게 듣기야 혔지.

세내댁 우리 동심이 어쩌요?

반월댁	여그까지야 그러긋어? 무진장이나 임실 순창 같으믄 몰라도.
세내댁	그믄, 순자는 왜 서둘러 시집보냈데요?
반월댁	갸는…… 나이가 찼응게 그렇지.
세내댁	긍게요…… 우리 동심이도 언능 보내든가 히얄텐디.
반월댁	뭐가 있어야 보내제. 공장이라도 가랑게 가도 않고.
세내댁	순자는 뭐가 있어서 보냈데요?
반월댁	이 사람 오늘따라 참 말 많네.
세내댁	성님은 순자 시집보낸 것이 다행이라고 생각허지요? 나는 그렇게 생각 안 혀요. 암만 시상이 그런다고 혀도, 인륜지대산디, 너무 급혔어요. 다리도 불편허고, 일도 안 허고, 시어머니도 씨고.
반월댁	넘 딸 말고, 자네 딸이나 신경 써.
세내댁	성님, 참말로 서운허네요. 지가 참 헐 말은 아니지만,
반월댁	서운허다고? 헐 말이 있고, 안 헐 말이 있어. (화를 내며) 니가 지금까장 뉘 덕에 살고 있냐?
세내댁	또 그 말씸인가요?
반월댁	서방 죽고 시집서 쫓겨나서 갈데없는 년을 지금까지 안 쫓아내고 델꼬 산 사람이 누구여?
세내댁	지가 기냥 들어왔어요? 아들 낳아달라고 사정사정 히서 온 것 아녀요?
반월댁	그리서 니가 아들을 낳았냐? 선머슴 같은 동심이년 낳고 그 뒤는 없잖여.

세내댁 님을 봐야 뽕을 따죠. 글고, 내 아들 씨를 성님이 가지 가가꼬, 딸 내리 다섯 낳던 성님이 지 오자마자 종복이 가 들어선 거 아녀요. 종복이 낳은 것에 지 공도 있어 요, 뭐.

반월댁 아따, 장허다, 장해.

송막봉이 주머니에 뭔가를 숨기고 나온다.

송막봉 여편네들이 왜 이리 시끄러? 여편네 목소리가 큰 게 집 안 꼴이 이 모냥이지…… 순자 갔어?

세내댁 갔어요. 좀 전에.

송막봉 기집년이 시집갔으믄 그만이제, 왜 만날 찾아와서 눈물 바램이여. 재수 없고로.

반월댁 그란 소릴 헐라거든, 황방산 가서 나무라도 좀 해오든가.

송막봉 이 여편네가 시방 남편을 뭘로 보고. 내가 저 지게나 메 고 다닐 사램이여.

세내댁 남편으로 봉게 나무 좀 해 달라고 허지, 색장리 나무꾼 으로 봤으믄, 저짝으로 나무 한 짐 내리 놓으시오, 이렇 게 했것지요.

송막봉 저것이 요즘 말이 많어.

반월댁 틀린 말도 아니구만.

송막봉 니들, 조동아리 뚫렸다고 아무 말이나 뱉지 말어. 그러다 된통 혼날 것인게.

반월댁 딸 팔자는 즈그 엄니 팔자 닮는다는 말이 한 개도 안 틀렸당게.

세내댁 지 어무니들이 지 아부지헌티 맨날 매타작을 당헝게 딸도 지 서방헌티 맞아서 쫓기 오고 안 그리요.

송막봉 이런 우라질. 퉤.

막봉이 지게 작대기를 발로 찬다. 지게 쓰러지고. 나간다.

반월댁 · 세내댁 성깔머리하고는.

세내댁 차라리 없는 것이 더 좋것어요. (막봉이 사라진 자리에) 까아악, 퉤. 올여름은 비도 별라 안 와서 다행이네요. 지는 여름만 되믄, 지난 참에 홍수 났을 때 생각나요. 참말로, 참말로, 재미졌는디. 전주천으로 돼지 떠내리와서 동네 사람들 모다 모여서 잡아 묵었잖아요. 난중에 웃동네 홍씨가 지 돼지 잡아 묵었다고 난리 난리치고. (하늘 보고) 아 따, 참말로 오늘은 하늘도 이쁘다. (멀리 보고) 오메! 저 어 그 노오랜헌 것이 뭐여? 이짝으로 오는디. 아, 긴 칼을 찼네요. 빨간 완장도 둘렀고.

반월댁 (살피다가 놀라서) 야야, 저것이 일본 군인 아니냐?

세내댁 (순박하게) 긍가? 헌병인가 뭐시긴가 허는 거요? 앞에 있는 것은 구장님 아녀요?

반월댁 맞네.

세내댁 헌병 나리랑 구장님이 뭣 허러 올랑가요…… 아직 우리

30

부락서 누구 잽히갔다는 말은 없잖여요.

반월댁 그야, 그런디……

세내댁 서로 사정 뻔히 아는디. 구장님이…….

반월댁 그건 그리도…… 야야, 동심이 어딨냐?

세내댁 방에 있것지요.

반월댁 숨기라, 숨겨. 혹시 몰릉게. 얼른.

세내댁 (갑자기 놀라서 허둥지둥) 동심아, 동심아.

동심이가 하품을 하면서 나온다.

송동심 난생 첨으로 낮잠 한 번 자것다는디, 겁나게 시끄럽구만.

세내댁 헌병 온다, 헌병 와. 혹시 모릉게, 어여 숨어라, 숨어.

세내댁과 동심이가 허둥지둥 숨을 곳을 찾지만, 마땅치 않다.
반월댁이 물항아리 뚜껑을 열고 동심이를 들어가게 한다. 동심이는
뭐가 뭔지 몰라서 안 들어가려고 하지만, 세내댁 표정을 보고 숨는
다. 반월댁이 항아리에 나뭇잎 등을 넣는다.
구장이 서류철을 든 헌병을 데리고 들어온다.

반월댁 어, 어짠 일이래요?

임구장 여긴 해당사항이 없다고 혔는디도 자꾸 오자고 허시네,
헌병 나리가. (헌병 보고) 봐, 봐요. 여그 늙은 여자들뿐이
잖아요. 이 여자들은 아무짝에도 쓸모가 없어요.

반월댁·세내댁   암만요, 우리는 아무짝에도 쓸모가 없어요.

헌병   (살피며) 혼토오니 무스메산가 이나이노카?[6]

헌병이 이곳저곳을 뒤진다. 임구장이 "정말 없어요, 여긴 없어요." 하며 따라다닌다. 헌병이 고개를 갸웃하며 서류철을 본다. 의심 서린 눈으로 반월댁과 세내댁을 본다.

임구장   아, 순자라고 딸이 있는디, 지난봄에 혼례 시켰어요. 이젠 남남이요, 남남.

반월댁·세내댁   암만요, 암만. 남남이요, 남남.

헌병   (기록을 넘기며) 키로쿠시테 치가우노니.[7] 와타시오 아자무쿠자 나이노.[8]

임구장   (긴장해서) 진짭니다. (거듭 고개를 숙인다) 제가 어느 안전이라고 거짓말을 허겠습니까요.

헌병   (파일로 구장의 머리를 내려치면서) 빠가야로, 빠가야로. (칼을 뽑아 임구장의 목에 겨누고) 시고토오 키친토 시로.[9] (칼끝을 반월댁과 세내댁을 향해 옮기며) 우소오 츠케바 키미노 쿠비오 키루조.[10] 거짓말이면 네 목을 자른다. (나간다)

---

6) 私を欺くんじゃないの? 나를 속이는 거 아닌가?

7) 記録して違うのに. 기록하고 다른데.

8) 私を欺くんじゃないの? 나를 속이는 거 아닌가?

9) 仕事をきちんとしろ. 일 똑바로 해.

10) 嘘をつけば君の首を切るぞ. 거짓말이면 네 목을 자를 거다.

헌병이 나가면 임구장과 반월댁, 세내댁 모두 자리에 주저앉는다.

반월댁 뭔 일이래요?

임구장 나도 잘 모르것어. 갑재기 찾아와가꼬, 처녀들 찾아내라
고. 나는 가네.

임구장이 헌병을 쫓아나가고, 세내댁은 급하게 딜려가 항아리 뚜껑
을 열고 동심이를 꺼낸다.

세내댁 야야, 살었다, 살었어. 성님, 지가 이 은혜는 평생 잊지
않을게요.

세내댁이 항아리와 반월댁을 향해 연거푸 비손을 한다.
암전.

• 2막 2장
〈한 통속〉(1943년 여름, 낮, 거리 · 마루 · 마당)

무대 한쪽에서 종복이가 책을 읽고 있다.

송종복 (자신의 각오를 밝히듯이) '징병제 발표가 있은 후로 사실 나
는 많이 생각하여 왔습니다. 늘 부족한 자기를 채찍질하

33

여 이제 와서야 간신히 마음의 준비가 완료되었습니다. 내일이라도 용감하게 뛰어나가 출전할 각오가 섰습니다.'[11] 아, 서정주…… 선생님의 글에 저는 늘 한없이 부끄럽습니다. (책 본문에 손가락을 대며 한 글자씩 새기듯이) '우리의 몸뚱이를 어디에다가 던질까? 벗이여, 그것은 말하지 않는 네가 더 잘 알고 있을 것이다.' (일어서서) 그래, 벗아, 나도 너처럼 스무 살이 되면, 스무 살이 되면, (가슴이 벅차서) 나도 총을 메고 먼 남방과 북방으로 포연과 탄우를 뚫고 가보고 싶구나. 그게 정녕 가능한 일일까? (나간다)

무대 양쪽에서 각각 건태와 막봉. 각각의 공간에서 건태는 누군가와 이야기를 나누고, 막봉은 투전판에서 노름을 한다.

백건태 (허리를 숙이며) 꼭 좀 부탁드립니다요. 논밭 다 팔아서 돈도 거진 다 갚았고, 시간도 많이 흘렀으니까…… 지금 저 같은 사람이 꼭 필요한 때 아닙니까요? 제가 책임지고 처리하겠습니다요.

송막봉 (패를 집어 던지며) 이런 우라질. 이봐. 십 원, 아니, 오원만 융통해줘…… 자네도 아까 봤잖여. 내가 다 따는 거. 오늘 끗발이 최고여. 한 바퀴만 돌믄 다시 끗발이 온당게…… 뭐? 갸는 왜?…… 비단공장? 그것이사, 뭐……

---

11) 서정주, 「스무 살 된 벗에게」, 『朝光』 1943년 10월호.

값을 얼마나 쳐줄 것인디?

백건태 …… 그건 제가 알아서 하겠습니다요…… 누가 어떻게 데리고 갔는지, 자기들이 그걸 어떻게 알겠습니까. 아무도 없을 때…… 아, 여부가 있습니까요. 복직시켜 주신다는 약조만 꼭 지켜주시면 됩니다요…… 저도 어머니헌티 면이 좀 스것네요.

송막봉 …… 이십 원? 소개비 이십 원을 지금 준다고? 좋아. 딸 같은 것이야, 뭐. 나헌티는 잘난 아들이 있응게…… 그른 오카네를 좀 더 줘봐. 가가 봉급 보내믄 줄 것인게. 지금까지 키워준 공이 있응게…… 아부지인 내가 보낸다믄 보내는 거여…… 알았어, 알았어. 내가 뭘 알간디. 여그다 손꾸락 도장 찍으면 되제?…… 어여 돈부터 갔고 오소. 자네들은 뭣 혀, 패 안 돌리고. 오늘 아조 끝장을 보드라고.

마당에서 반월댁이 서성이고 있다. 건태가 들어온다.

반월댁 어찌됐나? 알아봤는가? 구장님 말씸이 진짜여?

백건태 그렇더만요.

반월댁 (주저앉으며) 아이고, 이를 어쩐다냐. 우리 종복이가 군대에 끌려가야 허는 거여?

백건태 그래야 힐 것 같은디요.

반월댁 뭔 방법이 없는가?

백건태　글씨요…… 딱 하나 있을 수도 있는디…… 처제를……
보내믄…….

반월댁　왜 다들 갸를 못 보내서 안달이여? 지난 참에 구장님도
그러시드만.

백건태　구장님 말씀이 옳아요. (귀엣말) 집마다 한 명씩은 공출해
야 한다고 했응게요. 종복이를 황군으로 징용 보내든가,
아님, 동심이를 어쩌든가.

반월댁　정신댄가 위안분가 허는 거 아녀? 처녀하고 과부 모집혀
서 전장터로 위문 보낸다능거?

백건태　그런 말 하면 큰일 납니다요. 장모님, 황군 위문단이 아
니고 (뒷주머니에서 신문을 꺼내 보여주며) 자, 봐요. 황군 위문
단이라고 말했다가 유언비어 유포죄로 십 개월이나 징
역 산 사람도 있어요.

반월댁　까막눈이 뭘 알간디. 그리도 정신대 공출은…….

백건태　그게 아니라니까요.

반월댁　쪽발이들이 거짓부렁 헌다는 것은 조선 천지가 다 아
는디.

백건태　그래요, 그럼, 처남을 징용 보내야죠. 전쟁터로. 언제 어
디로 끌려가서 뒈질지 모르는디. 우리 처남, 제삿날 받았
네, 제삿날 받아.

반월댁　아녀, 아녀. 그건 절대로 안 돼.

백건태　여자들이라고 모다 정신대 가는 것도 아니고요, 정신대
가도 군인들 빨래도 해주고, 밥도 해주고…….

반월댁	그럼사…….
백건태	전쟁할라믄 총알도 만들고, 대포알도 만들고 히야잖어요? 그 공장으로 가기도 해요. 황군 입는 군복 만드는 곳도 있고. 전주부청 가믄, 공장 인력 모집, 이런 거 붙어 있어요.
반월댁	그것이…… 어째야 헐랑가?
백건태	빨리 결정허셔요. 처남은 핵교 선상님이라 핵교서 기냥 집히갈 수도 있어요.
반월댁	아이고, 이를 어쩐다냐.
백건태	뭘 어째요. 둘 중 하난디. 처제요, 아님, 총알받이로 끌려가서 개죽음 당할 종손, 종복이에요? 싸게 말씀을 허셔요.
반월댁	자네는?
백건태	처제 보낸다고 만사형통도 아녀요. 황군허고 거시기허고는 차이가 큰 게요. 윗사람들헌티 오카네도 찔러 줘야 허고……. 지가 이 집서 순자 델꼬 오느라 장인헌티 다 털려서, 한 푼도 없어요.
반월댁	뭔 돈을 줬다고 그려?……. 우리가 뭐 가진 것이 있어야제.
백건태	그믄 큰일인디. 안 되것네. 지가 아무리 전주부청서 일혔다고 혀도, 요시 시상에 오카네 없이는 암것도 안 됭게.
반월댁	기둘려봐. (들어가서 땅문서와 반지를 가지고 나온다) 돈이 될랑가 모르는디, 이것은 뒷산 밭문서고, 이것은…… 종복이

혼인 허믄 색시헌티 줄라고 혔는디…….

백건태 금가락지 아녀요? 처남은 이제 살았네요, 살었어. (종이 한
장을 꺼내서) 자, 여그 손가락 도장을 찍으세요.

반월댁 아무리 그리도…… 세내댁헌티 뭐라고 말 헌디야.

백건태 뭔 말을 해요. 괜히 이리저리 말 나믄 동티날 수도 있응
게, 기냥 모른 척허고 계셔요. (반월댁 손을 잡아끌어서 지장을
찍는다) 처제도 언제까지 여기 숨어 살 수는 없잖어요. 동
심이가 있는 것을 동네 사람 뻔히 다 아는디. 차라리 멀
리 보내는 것이 낫지요. 다른 것들은 눈 딱 감으시고, 우
리 종손 종복이 처남만 생각하세요.

반월댁 꼭 그래야 헌다믄 별 수 없제. 딸로 태어난 것이 웬수제,
웬수.

반월댁이 가슴을 치며 운다. 암전.

• 2막 3장
〈젊은 여자다〉(1943년 여름, 밤, 집 마루·마당)

변소에서 볼일을 보는 동심.
종복이 집에 들어오다가 소리를 듣고 변소 앞에 선다.

송동심 (판소리) '에이 여루, 톱질이야. 당기여라, 톱질이야. 타는

박마다 쌀 나오고, 타는 박마다 돈 쏟아지고~' 우선 똥
부텀 잘 나오니라. 꾸역꾸역 끊어지지 말고 나오니라.

송종복　아무래도…… 저년이 미쳤는갑다. (변소에 대고) 너는 소리
공부를 똥 싸면서 하냐?

송동심　니가 변소에서 허람선…… 종복아, 마침 잘 왔다. 나 고
민 있는디, 들어볼 거여?

송종복　네까짓 것이 무슨 고민?

송동심　첩살이가 낫긋냐, 평양 비단공장이 낫긋냐, 부산 간장공
장 식모살이가 낫긋냐? 아님…… 소릿기생은…….

송종복　관심 없다.

송동심　그라지 말고…… 니는 선상님이잖여.

송종복　(한숨 쉬고) 동심이 니가 하고 싶은 것이 뭐야?

송동심　하고 싶은 거? 그런 것은 없는디.

송종복　넌 꿈도 없냐?

송동심　꿈은 맨날 꾸는디.

송종복　되고 싶은 것이 없냐고?

송동심　우리 같은 것헌티 그런 것이 어딧냐? 너는 뭔디?

송종복　나는 스무 살이 되면…… 아니다, 너랑 무슨 말을 하겠냐.

송동심　종복아, 내가 꼭 가야 흔다믄…… 첩살이보담 공장살이
가 낫긋지?

송종복　관심 없다니까.

송동심　그려. 언제는 니가…… 근디, 너 잘 왔다. (변소에서 나온다)
큰 엄니가 나가심선, 나보고 마실 나가지 말고 꼭 집에

있으라고 혔는디, 내가 꼭 나가야 헐 일이 생깃다.

송종복　말 많은 계집애가 밤에 어딜 쏘다니려고?

송동심　돈 찾으러.

송종복　돈?

송동심　내가 저번에 한지공장서 일해주고 모아둔 돈이 몽땅 없어졌어. 도둑놈은, 아부지여. 삼일 넘도락 집에 안 왔거든. 이건 분명히 투전판이여.

송종복　(성을 내며) 그믄, 니 돈으로 놀음을 헌다는 거여?

송동심　글제.

송종복　뭐헌다고 돈을 뫼놔? 잘 숨기두등가. 니 돈만 없었어도 아부지가 투전판에 안 갔을 것인디?

송동심　어찌 말이 요상허다. 아부지가 투전판 간 것이 내 탓이란 말여?

송종복　됐고. 거가 어딘지 아냐?

송동심　알제.

송종복　후딱 댕기와. 아부지도 모셔오고.

동심이 나간다.

송종복　(간 걸 확인하고) 내 말이 틀린 건 아니지. 아버지가 어떤 사람인지 몰라? 자기가 돈을 잘 숨겨놨어야지.

종복이가 항아리에서 물을 떠서 마신다.

세내댁이 순자를 데리고 들어온다.

세내댁 종복이도 있었냐? 잘 됐다. 내가 아랫말 김 씨네 잔칫집
서 전하고 떡 좀 얻어왔어. 같이 먹자. 동심아, 동심아.

송종복 동심이 없어.

세내댁 그려? 오밤에 어디 갔을꼬? 시상이 험헌디…… 니들은
이거 먹고 있어. 내가 동심이 찾아볼링게.

송순자 (말리고, 종복 보고) 야, 니가 가.

송종복 내가? (순자가 노려보면) …… 알았어.

세내댁 종복이 니가? 고생스러울 것인디…… 아이고 참말로. 내
가 성님이랑 니들 은혜를 다 어떻게 갚아야 쓰냐?

종복이가 나간다.

송순자 종복아, 혹시 니 매형 만나거든, 나 여기 있다고 혀라.

세내댁과 순자가 음식을 주거니 받거니 하며 화목한 시간을 보
낸다.

세내댁 근디, 내가 쪼매 불안허네. 나헌티 왜 이렇게 잘 히준데?

송순자 몰라. 시어머니랑 남편 허는 꼴을 봉게. 기냥 그려.

세내댁 우리 순자가 철들었는가 비네.

송순자 세내댁은 아부지 미울 때 어떻게 버텼어?

세내댁　이를 악물고 버텃지…… 알리 줄까?

세내댁이 주변 사물(빗자루 · 걸레 · 부채 등등)로 인형 두 개를 만든다.

세내댁　자, 이것이 누군가 봐. (송막봉) 야, 예편네가 어디서 말대꾸야? (세내댁) 입이 있응게 말대꾸를 허지요. (송막봉) 이년이 뚫린 입이라고 아무말이나 막 허네. (세내댁) 내가 언제 막했냐, 이놈아. (송막봉) 이것이. (세내댁) 너 나 쳤냐? 나도 손이 있응게 너 때리야긋다.

세내댁이 (세내댁)인형으로 (송막봉)인형을 마구 때린다.

세내댁　하하하. 아따, 속 시원허다.
송순자　우리 엄니 꺼도 만들어야지 않어?

순자가 주변의 사물로 인형을 만든다.

송순자　(반월댁) 니가 지금까장 뉘 덕에 살고 있냐? 갈 데도 없는 년을 지금까지 안 쫓아내고 살아 준 사램이 누구여?
세내댁　아녀, 아녀. 그러믄 안 돼. 성님은 그것이 아니었더라고.
송순자　왜 그려? 재미없게.
세내댁　내가 속이 좁아서 성님을 오해했었고만.

순자가 (반월댁·송막봉) 인형으로 시어머니와 건태 **흉내**를 낸다.

송순자　(시어머니) 너는 친정서 배운 것도 없냐? 할 줄 아는 것이 하나도 없어. (백건태) 이년아, 이 죽일년아, 시집올 때 빈손으로 온 것이 뭔 말이 많아? 집에만 쳐있지 말고 공장이든 어디든 가서 돈 벌어와.

순자가 울고. 세내댁이 등을 쓸어준다.

세내댁　순자야, 나랑 성님은 그렇게 히야만 허는 줄만 알고 버티고 살았지만, 너는 그러지 마라. 참고만 살지 말어. 까짓 꺼 아니다 싶으믄, 안 살믄 되제.

순자가 세내댁의 손을 잡는다. 세내댁이 순자를 안아준다.
(E) 사람들 : 군인들이 온다. 군인들이 색시를 잡아간다!
세내댁과 순자가 허둥댄다.

세내댁　(정신을 차리고) 참, 니는 시집갔지.
송순자　내 얼굴에 시집갔다고 써 있간디?
세내댁　긍게. 곱네, 고와. 동네 사람들이 다 아는디 뭐.
송순자　그리도 무섭단말여. 헌병 놈들이 아무나 막 잡아간다고 허잖여.
세내댁　걱정 말어. 방법이 있응게. 동심이도 만날 여그 숨어서 안 잡히갔어.

세내댁이 순자를 물항아리에 숨기고, 반월댁처럼 나뭇잎으로 덮는다.
헌병이 앞서고 임구장이 뒤에 따라 들어온다. 헌병이 이곳저곳을 뒤지다가 임구장을 보면, 임구장은 모르는 척하면서 고갯짓으로 항아리를 가리킨다. 헌병이 항아리로 다가가서 두들기다가 깬다.

헌병　코코니 카쿠레테이타다. 츠카마에로.[12] 여기다, 여기야.

헌병이 순자를 끌어낸다. 순자와 세내댁이 강하게 저항하지만, 소용없다.

임구장　(놀라서) 순자 아녀? 순자야, 니가 거그서 왜 나오냐? (헌병 보고) 헌병 나리, 야는 시집간 안디……,

헌병이 칼을 뽑아서 임구장 목에 댄다. 임구장이 아무 소리 못 하고 고개를 숙인다.
헌병이 저항하는 순자와 세내댁에게 폭력을 가한다.

세내댁　야는 시집 간, 남편이 있는 여자여, 남편 있는 여자!

---

12) ここに隠れていたんだ 捕まえろ. 여기 숨어 있었구나. 잡아라.

헌병이 순자를 끌고 간다. 임구장도 어쩔줄 몰라하면서 따라간다. 세내댁이 쫓아가면서 절규하다가 넋을 잃고 퍼질러져 앉는다.

그 사이 반대편 거리. 무대 한쪽에서 동심이가 힘없이 걷고 있다.

송동심 아부지는 만나도 못 허고, 배는 고프고…… (낮게, 슬프게 흥얼거리며) '타는 박마다 쒈 나오고, 타는 박마다 논 쏟아지고……'

헌병 와카이 온나다. 츠카마에로.[13] 젊은 여자다. 잡아라.

반대편에서 헌병이 나타난다. 뒤에 건태가 있다.

헌병 이노 온나오 츠레테키테 환쿤노 나구사미모노니 스루요.[14] 저 여자를 잡아다 황군의 노리개로 써야겠다.

송동심 왜 이려. 나를 왜 잡아갈라고 그려? (강하게 저항하다가, 건태를 보고) 형부, 형부. 나 좀 살려줘요.

백건태 (건조한 미소) 처제. 나도 살아야지.

동심이 몸부림을 친다. 헌병이 동심의 뺨을 후려치고 발길로 걷어찬다.

---

13) 若い女だ. 捕まえろ. 젊은 여자다. 잡아라.
14) あの女を連れてきてファン君の慰み物にするよ. 저 여자를 데려다가 황군의 노리개로 쓰겠다.

헌병　　키타나이 초오센넌.[15]

백건태　　처제, 가만 있어. 말 안 들으믄 이놈들이 죽일 지도 몰라. (헌병 앞에서 서며) 헌병 나으리, 제 역할을 다 했으니까 약속은 지켜주시는 거죠?

헌병　　야쿠소쿠? 난노 야쿠소쿠?[16]

백건태　　다 얘기가 됐구만요. 복직도 시켜주시고, 오까네, 아니 보상금도 챙겨주신다고…… 허허.

헌병　　키미와 모오 무다다.[17] 너는 이제 소용이 없어.

헌병이 동심을 일으켜 세운다. 수욕을 채우려고 하면.

백건태　　(주변을 살피고 말리며) 누가 봅니다요.

건태가 헌병의 손을 잡아끈다.

헌병　　키타나이 초오센징.

헌병이 건태를 칼로 찌른다. 건태 쓰러지고. 건태와 동심의 비명.

---

15) 汚い朝鮮年. 더러운 조선년.
16) 約束? 何の約束? 약속? 무슨 약속?
17) 君はもう無駄だ. 너는 이제 소용이 없어.

헌병 멘도오나 야츠다나.[18] 귀찮은 녀석.

까무라친 동심에게 수욕을 채우려고 덤벼든다.
동심의 비명소리.

집. 세내댁이 울고 있고, 반월댁이 들어온다.

반월댁 뭔, 뭔 일이 있었어?

세내댁 성님, 성님. 항아리에 숨긴 것을 어찌 알고, 오자마자 항
아리부터 열드니만은, 기냥 끌고 갔어요.

반월댁 동심이를 잡아갔어? 여그 숨긴 걸 어찌게 알아쓰까?

세내댁 동심이가 아니라, 순자요, 순자. 혼인헌 사람이라고 해
도, 막무가내로 끌고갔어요.

반월댁 그게 무신 말이여, 순자가 왜? 갸가 여글 왜 왔가디? 왜
동심이가 아니라, 순자여, 왜 순자여, 순자!

반월댁이 뒷걸음질을 치다가, "순자야!" 외치면서 뛰쳐나간다.
세내댁의 울음과 동심의 비명, 반월댁의 울부짖음이 이어진다.
암전.

---

18) 面倒なやつだな. 귀찮은 녀석.

3막 〈가을〉

• 3막 1장
〈기미가요〉(1943년 가을, 낮, 거리)

(E) 자전거 경종 소리가 요란하다.

말쑥하게 차려입은 임구장이 휘파람으로 불며 자전거를 타고 나온다.

(E) 〈기미가요〉 반주가 들려온다.

임구장이 급하게 자전거에서 내려 차렷 자세로 선다. 노래를 따라 부른다. 감정에 복받쳐 이를 악물고 눈물을 참으며, 감동에 젖는다. 암전.

• 3막 2장
〈지게〉 (1943년 가을, 저녁, 집 마당)

(E) 귀뚜라미 울음

송막봉이 집 곳곳을 살핀다. 부엌을 보고 잠시 서 있다가 지게 쪽으로 와서 노려보고 선다. 천천히 다가가서 지게 끝을 만지작거린다. 머뭇거리다가 지게를 들고 메려고 망설인다. 에잇, 하며 던진다. 침을 퉤, 뱉는다. 뒤돌아서 가려다가 다시 가서 지게를 멘다. 어깨를 들썩들썩해본다.

송종복   (들어오다가, 뜨악하게) 아, 아버…… 뭐, 하고 계세요?

송막봉   어. 아무것도 아녀. (지게를 서둘러 내려놓고) 며칠 만에 왔네.

송종복   세내댁이 또 나무 안 해왔어요?

송막봉   요샌 얼굴도 못 봐. 밥은?

송종복   남문서 국밥 먹고 있어요.

송막봉   그까잇 콩나물죽이 뭔 요기가 되것어? (안쪽을 향해) 뭣 혀. 밥 안 차리오고. 종복이 왔구만.

반월댁   (서둘러 나오며) 종복이 왔냐? 핵교서 벨 일은 없고?

송종복   뭔 일이 있다고 말하면, 뭘 알아요?

반월댁   …… 밥 묵으야지. 쪼깨만 기둘려라.

세내댁이 터덜터덜 들어온다.

송막봉   또 어디를 쏘댕기다가 와?

세내댁   춘포 좀 댕기와요.

송막봉   춘포?

세내댁   그짝 부락에…… 먼디 갔다 온 처자가 있다고 히서,

반월댁   (다가오며) 그려? 뭐라든가?

세내댁   만나도 못 힛어요. 부락서 진즉 쫓기났다고.

반월댁   쫓기나? 왜? 어디로?

세내댁   몰른데요. 사램들이 통 말을 안 혀요. 외삼촌을 살쩨기

만났는디, 속상헌 소리만 허고.

반월댁 인자…… 그만 댕겨.

세내댁 그냥 넋 놓고 있으라고요?

반월댁 찾는다고 찾아지간디?

세내댁 (퍼질러 앉아서) 순자는 헌병헌티 끌리가고, 동심이는 나가 서 들어 오도 않고, 두 달 넘도락 어디서 어짜고 있는지 도 모른디. 저라도 안 댕기믄.

송종복 못 찾아.

세내댁 종복이 너도 왜 넘 말 허드끼 허냐?

송종복 말했잖아. 동심이 사라진 날, 동심이가 첩살이 갈까, 공 장 갈까, 뭐가 낫것냐고 물어봤다고.

세내댁 그믄…… 왜 편지도 없으까? 갸는 글도 쓸 줄 안디. 동심 이가 또 뭔 말을 혔어?

송종복 몰라. 그게 다야, 그게 다라고.

세내댁 우편 일허는 박센아제가 전주역서 헌병들 기차 타는 디, 동심이 같은 아를 봤다고 그리서.

반월댁 그만 혀. 왜 종복이를 못 잡아먹어서 안달이여?

세내댁 지가 뭘 잡아먹어요?

반월댁 가만있는 종복이헌티 왜 그냐고?

세내댁 지가 뭘 그려요? 알아볼래야 알아볼 디도 없고…….

반월댁 나, 더 이상 자네 안 보고 싶네. (한숨 쉬고) 인자, 이 집 나 가서 자네 시상 살어.

세내댁 지가 어딜 가요? 못 나가요.

반월댁   동심이도 없응게, 여그 더 있을 이유도 없고.

세내댁   아녀요. 동심이가 여그로 올 것인디요…… 지가 그날 순
          자를 델꼬와서 그러신 거 알아요. 그건 지가 증말로 잘
          못했구만요.

반월댁   내가 언제 그런 탓 헌 적 있는가?

송막봉   (마루에서 내내 지켜보다가) 그만 혀. 순자고 동심이고 딸년들
          팔자가 다 그렇지.

세내댁   팔자가, 뭘 그려요?

송막봉   그만 허라고. (주위 물건을 집어던진다)

반월댁   뭘 그만 혀?…… 딸년이 일본놈헌티 끌려갔는디, 당신이
          아부지라믄 그런 말은 못 허지.

송막봉   내가 아부지 아니믄 뭐여.

송종복   그만 해요. 이러니 다들 집을 나갔지.

송막봉   어, 니년들, 딴 놈이랑 서방질 혔냐?

반월댁   그것이 자식 앞에서 헐 말이여?

송종복   그만하라고. 에이, 순자고 동심이고 다 안 돌아올 거야.
          안 돌아온다고.

          종복이 나간다. 막봉이 얼빠지게 바라본다.

송막봉   종복이 나갓잖여. 밥도 못 멕있는디. 며칠만에 들어온 자
          식, 밥도 못 멕있는디.

막봉이 반월댁에게 폭력을 가한다. 세내댁이 말린다. 흥분한 막봉이 세내댁을 때린다. 말리는 반월댁. 막봉은 반월댁을 밀치고, 지게를 던진다. 세내댁이 가로막아 반월댁 대신 다리에 지게를 맞는다. 외마디 비명. 고통스러워하며 쓰러지는 세내댁. 놀란 반월댁이 세내댁에게 달려간다.

송막봉 긍게 왜 종손을 굶기냐고, 왜. 에이, 퉤. (나간다)
반월댁 (세내댁을 부축하며) 나 땜시, 뭣 헌다고 매질을 당혀.
세내댁 암시랑토 안혀요. 이깐 것이 뭐라고.

반월댁이 세내댁을 부축해 장독대에 앉는다.
세내댁은 이날 이후 약간 다리를 전다.

세내댁 성님, 나 동심이 보고 싶어 죽것어요. 성님은 순자 안 보고 싶어요?
반월댁 그걸 말이라고 혀?
세내댁 지가 염치가 없구만요. 그날 순자만 안 델꼬 왔어도,
반월댁 (원망스런 눈으로 잠시 보다가 항아리를 만지며) 아녀. 내가 헐 말이 없네.
세내댁 지가 죽일년이요.
반월댁 그런 소린 말어. (세내댁의 다친 다리를 주무르며) 자네가 아니라, 내가 죽일년이여, 내가.
세내댁 성님, 저 여기서 쬐께만 더 살아도 돼요?

반월댁	그려. 쫓아낼라믄 저 영감탱이를 쫓아내야지, 자네가 왜 나가.
세내댁	동심이랑 순자는 지금 뭣 허고 있으까요? 진짜로 낯설고 물설고 사방 막힌 이국땅서 오도 가도 못 허고 있을랑가요?
반월댁	아녀, 아녀. 밥 잘 먹고, 옷 잘 입고, 맴 편허게 살 것이여. 우리가 좋게 생각히아 아들도 그렇게 살 것이여.
세내댁	긍게요. 지발 좀. 어디서든 이빨에 힘 꼭 주고 막 견디야는디.
반월댁	인자사 이런 말 필요도 없것지만, 내가 잘 험세. (밝게) 야야, 우리 송 씨들 숭이나 내끄나?

반월댁이 막봉이 사라진 곳을 향해 침을 뱉는다. 세내댁도 일어나 따라 한다. 함께 침을 뱉고 마주보며 웃는다. 감정이 격해져 붙들고 운다. 암전.

• 3막 3장
〈무서운 사람들〉 (1944년 가을, 낮, 천변)

(E) 냇물 흐르는 소리.
막봉이 약간의 나뭇짐과 도끼가 실린 지게를 지고 힘없이 걸어온다. 지게를 세우고 앉아서 바라본다.

송막봉   나만 그랬간디, 다 그렸어, 다. 춘자 애비도, 길자 애비도…… (중얼중얼 반복) 동심이 애비도, 순자 애비도 다 그 렸어, 다.

세내댁이 소쿠리를 머리에 이고 들어온다. 좌판을 펼치고 무를 판다.

세내댁   무시 좀 사요, 무시 있어요. 지 담아도 좋고, 기냥 깎아 먹어도 아삭아삭 달달한 전주무시 사요.

송종복이 자전거를 끌고 가다가 막봉을 발견하고 다가온다.

송종복   아버지, 날도 찬데, 뭐 하고 있어요?…… 다가산 신사에 다녀오는 길이에요. 그렇지 않아도 드릴 말씀이 있었는데.

세내댁이 두 사람을 보다가 무를 내팽개친다.

세내댁   무선 사람들이여, 무선 사람들. 사계절 지나도록 딸내미들 연통도 없는디, 애도 안 타는가, 말 한마디 없어, 말 한마디. 참말로. 무선 사람들이여, 무선 사람들.

종복이 가방에서 신문을 꺼낸다. 막봉은 아무 관심이 없다.

송종복 매일신보에 서정주 시인께서 놀라운 시를 발표했어요. 제가 읽어드릴게요. (감격에 겨워 시 낭독) '우리의 동포들이 밤과 낮으로/ 정성껏 만들어 보낸 비행기 한 채에/ 그대, 몸을 실어 날았다가 내리는 곳./ 소리 있어 벌이는 고운 꽃처럼/ 오히려 기쁜 몸짓하며 내리는 곳./ 쪼각쪼각 부서지는 산더미 같은 미국 군함!'…… 아버지. 가슴이 뜨거워지지 않으세요?

송막봉 (감정 없이) 몇만 리나 될랑가? 순자도 동심이도 몇만 리나 될랑가?

송종복 (시 낭독) '장하도다/ 우리의 육군 항공 오장 마쓰이 히데오여!/ 너로 하여 향기로운 삼천리의 산천이여!/ 한결 더 질푸르른 우리의 하늘이여!'…… 아, 마쓰이 히데오여! 그대는 우리의 오장, 우리의 자랑…… 아버지는 학교 교육을 받지 않아서 시를 모르겠지만…… 그래도 뭔가 느껴지는 것이 있죠?

송막봉 (감정 없이) 갸는, 부모가 없디야?

송종복 마쓰이 히데오는 경기도 개성 사는 인 씨의 둘째 아들이라네요. 저보다 한 살 더 먹었고. 아버지, 저 결심했어요. (차렷 자세) 텐노오노 타메,[19] 천황을 위해, 위대한 황군의 병사가 될 겁니다.

송막봉 (바라보며) 가믄 안 돌아오는 거여?

---

19) 天皇のため. 천황을 위해.

송종복   아버지는 우리 조국, 일본에 대한 충성심이 너무 없어요. 저, 소무라(宋村)는, 우리의 땅과 목숨을 뺏으러 온 원수, 영국과 미국의 항공모함을 무찌르고 싶어요. 가미가제 특별 공격 대원. 저 소무라는 한 송이의 사쿠라꽃이 되어서,

막봉이 종복의 등을 때린다. 맞으면서 강하게 저항하는 종복.

송막봉   이놈아, 어딜 간다고? 죽으러 간다고? 니 발로 죽으러 간다고? 이놈아, 이놈아.

세내댁이 놀라서 달려온다. 조금 다리를 전다.

송종복   아버지, 지금 뭐 하는 거예요? 왜 그래요? 나, 종복이에요, 종복이.

송막봉의 때리는 수위가 높아진다. 세내댁이 말린다.

송종복   콘 치쿠쇼오. 모오 야메로요. 모오 야메로요.[20]
송막봉   이놈이 뭐라는 거여, 시방. 니가 조선 놈이여, 일본 놈이여? (울부짖으며) 대체…… 도대체 뭐라고 씨부렁거리는

---

20) こんちくしょう. 이 빌어먹을! もうやめろよ. 그만 때려.

거여, 시방.

송종복 (일어나 송막봉의 멱살을 잡고) 아나타와 오치치산데모 나이노.[21] 와타시와 이다이나 코오군노 헤에시니 나루. 텐노오노 타메,[22] 나는 조선을 떠날 거야. 황군의 병사가 될 거야, 위대한 황군의 병사가 될 거라고.

막봉이 도끼를 든다. 종복에게 내려치려고 도끼를 높이 올린다. 온 몸을 벌벌 떤다. 종복이 뒷걸음질을 치다가 넘어진다. 세내댁이 막봉 앞을 막아선다. 막봉이 다가가다가 멈춘다. 세내댁을 잠시 멍하니 바라본다. 주먹을 꼭 쥔 자신의 왼손을 내민다.

송막봉 내가 그런 거여. 내가. 내가 일본 놈이고, 내가 썩어 죽을 잡놈이여, 내가.

막봉이 도끼로 자신의 왼손을 찍는다.

송종복 아버지, 아버지!

세내댁 아이고, 동심아부지! 여보시오, 좀 도와주시오.

송종복 (뒷걸음치며) 콘 치쿠쇼오. 콘 치쿠쇼오. 와타시노 세에데

---

21) あなたはお父さんでもないの. 당신은 아버지도 아니야.
22) 私は 偉大な 皇軍の兵士になる. 天皇のため. 나는 위대한 황군의 병사가 될 거다. 천황을 위해.

와 나이……23)

종복의 마지막 알이 메아리처럼 울린다. 암전24)

(E) 1945년 8월 15일 일본 쇼와 천황의 항복선언문.

(E) 신탁통치 찬 · 반 시위 뉴스

---

23) こんちくしょう. 이 빌어먹을! 私のせいではない. 내 잘못이 아니야.

24) 암전 속 장면전환 시, 음악은 〈귀국선〉보다 현인의 〈고향만리〉(1946) 중 '꽃
    이 피고 새가 우는 바닷가 저 편에 고향산천 가는 길이, 고향산천 가는 길이 절
    로 보인다.' 부분 추천.

4막 〈겨울〉

• 4막 1장
〈너는 누구여〉(1946년 겨울, 저녁, 집 마당)

동심이가 순자를 부축하고 나타난다. 잠시 앉아 한숨을 쉬고, 안 가려고 하는 순자를 끌고 다시 걷는다. 다시 퍼질러져 앉았다가 한숨을 쉬고. 다시 일어나 걷는다. 어느덧 집 앞에 이른다. 주위를 살피며 망설인다.
아편중독자가 된 순자는 내내 몸을 떨고, 기침을 많이 한다.
세내댁이 장작 실린 지게를 지고 나와 집으로 들어간다. 동심이 즐겨부르던 창 한 대목을 슬프게 읊조리다, 동심이를 발견한다.

세내댁 누구여 …… 동, 심이여? 아이고, 이년아 살아있었구나, 살았어. 성님, 동심이랑 순자가 왔어요.

반월댁이 놀라서 달려온다. 부둥켜 안고 운다.

반월댁 살아 왔구나. 순자야, 동심아. 나는 느그들 다 죽은 줄 았았다.

세내댁 해방이 됐으믄, 후딱 왔으야지, 대체 어디서 어떻게 살다가 온 겨?

반월댁 그딴 것 물어 뭐해.

세내댁 얼굴을 봐도 애가 타고, 애가 탄 게 안 그려요. 아이고, 아이고. 살았응께 됐다, 살았응께.

송동심 우리, 암 일도 없었어.

세내댁 암만. 그려. 아무 일도 없었어.

송동심 나는 대구서 방직공장 댕겼고, 언니는 평양서 식모살이 혔는데. 해방되고 서울서 우연찮게 만났어.

반월댁 순자야, 너는 왜 잘 서도 못허냐?

송동심 서울서 봉게, 언니가 쪼매 아프드만요. 그리서 델꼬 왔어요.

왼손 없이 고개를 숙인 막봉이 나타난다. 물끄러미 본다. 놀라고. 왼손을 가슴께로 가져가 옷 속으로 숨긴다.

송막봉 (다가가서, 떨리는 목소리로) 누구냐? 너 누구여? 너는 또 누구여?

동심과 순자가 막봉을 바라보지 않고, 땅만 바라본다.

세내댁 아이고, 야들 아부지요, 야들이 살아서 돌아왔어요.

송막봉 (애써 태연하게) 내가 왜 야들 아부지여? 나는 야들 아부지 아녀.

송동심 그려요. 나한티 아부지는 죽었소. 근디, 아부지는 왜 안 죽고 살아 있소?

송막봉　니가 누구가니 나보고 자꾸 아부지라고 허냐?

송동심　모다 미워서 집이 안 올라고 혔는디, 아부지헌티 힐 말 있어서 부득이 왔어요⋯⋯ 다 들었소. 형부란 사람이 나 팔았다고. 아부지란 사람도 나 팔았다고.

송막봉　긍게. 나는 느그 아부지가 아녀. 내가 내 손목 도치로 찍었을 때, 니들 허고 인연도 다 찍어버릿이.

송순자　(가슴을 쓸어내리다가 빤히 쳐다보고, 웃으며) 나, 돈 쪼까 주쇼.

반월댁　돈은 뭣하게?

송순자　아편 사묵게.

반월댁　야야, 그게 뭔 말이여.

송동심　가끔씩 그래요. 아주 가끔씩이요.

송막봉　아이고, 아조, 아조 가시나 배리버릿네. 배리버릿어.

세내댁　시방, 뭔 말을 그리 헌데요.

송막봉　아이고, 이것들 모다 숭이 졌어. 숭이. 큰 숭이 졌어.

반월댁　그렇코롬 기다렸음선 왜 그려. 왜 맘에도 없는 숭헌 소릴 혀.

송막봉　승질 난게 그려. 승질이 난게, 나헌티 승질이 나서. (들어간다)

송동심　미워 죽것어. 미워 죽것어.

세내댁　아버지가 널 판 것이 아니여. 배 고픈 시상이, 힘 없는 시상이, 이 몹쓸 놈의 시상이 그런 것이여.

송동심　아녀, 아녀. 미워, 미워서 죽것당게.

세내댁이 순자와 동심을 데리고 들어간다.

반월댁   (홀로 남아서) 순자야, 니 남편이란 놈은 뭣 허고 사는지 소식도 읎고, 구장 놈은 뭔 위원횐가 험선 목에 씜 주고 산다. 우리만 그대로여, 그대로…… 우리는 기냥 예전처럼 그대로 살자, 그대로 같이 살어.

반월댁이 장독대로 걸어간다. 항아리 앞에서 비손을 한다. 암전.

• 4막 2장
〈꿈이여 꿈〉(1946년 겨울, 밤, 집 방)

순자와 동심이 자고 있다.
반월댁이 들어와 이불을 다시 덮어주고 잠시 바라보다 나간다.
순자가 몸을 꼬면서 저항하다, 포기한 듯. 다시 가랑이를 벌벌 떤다.

송순자   게이꼬, 마쯔꼬, 사다꼬, 기꼬마루, 하나키쿠,…… (일본군) 오오카, 아시오 히로게테. (순자) 저리 가. 저리 가라고. (일본군) 도레도레. 에이, 키타나이 토시. (순자) 때려죽일 거여. 칼로 찔러 죽일 거여.

송동심   (놀라서 깨고) 언니, 왜 그려. 왜 그려.

송순자 죽일 거여. (일본군) 오오카, 빠가야로. 키타나이 초오센 징.[25]

순자가 비명을 지르면 깬다. 숨을 헐떡이다가 멍하니 앉는다.

송동심 (잠시 보다가) 꿈이여, 꿈. 꿈속이여. 나도 그놈들이 눈에 백혀서 나가들 안 혀. …… 생각 안 해도, 나타나. 깨고 나믄, 허유, 허유, 그러고 앉아서, 오메 징헌놈들, 징헌놈들, 막 그려.

동심이 순자를 안아준다. 순자가 물끄러미 동심을 바라본다.

송동심 당헌 것이 속에 뭉치고 부애가 나서 속이 막 아파.

순자가 동심을 안아준다.
순자가 주변의 사물로 일본군 복장(칼을 찬)을 한 남자 인형과 기모노 입은 여자 인형을 만든다.

송순자 (여자 인형을 가리키며, 낮게) 오오카, 오오카.

---

25) 足を広げて. どれどれ. えい. きたない年. バガヤロ. 汚い朝鮮年. 다리 벌려. 어디 보자. 에이 더러운 년. 빠가야로. 더러운 조센징.

반월댁이 내색하지 못하고 문밖에서 눈물을 훔친다.

여자 인형을 눕힌다. 남자 인형이 칼을 뽑아 여자 인형 목에 겨눈다. 칼이 차츰 내려와 가랑이를 벌린다.

송순자 (일본군) 아시오 히로게테. 도레도레.

남자 인형이 여자 인형을 덮친다. 성행위를 시작한다.[26]

송순자 에이, 키타나이 토시. 빠가야로, 빠가야로, 빠가야로. 키타나이 초오센징.

여자 인형의 저항이 심하자 칼로 배를 찌른다. 송순자가 배를 안고 고통에 몸부림치다가 쓰러진다.

송동심이 남자 인형을 빼앗아 던져 버린다.

반월댁 곁에 세내댁이 온다.

송동심 이것은 꿈이여, 꿈.
송순자 아녀, 꿈 아녀.

순자가 옷을 들쳐 칼에 찔린 상처를 보여준다. 온몸이 상처투성

---

26) 성행위 장면을 넣으려면. (일본군) 오망고, 오망고, 오망고, 섹쿠스, 섹쿠스, 섹쿠스.

이다.

송동심　아이고매. 얼매나 아팠을까.

동심이 가슴을 치고, 쓸어내린다. 자신도 옷을 들치면 온몸이 상처다.

송동심　빨리 안 벗는다고 나도 찔릿구만. 쪽발이 새끼들 징헌 놈들이여,

송순자　쫙쫙 찢어 죽였으면 쓰것어.

송동심　내 손으로 서너 놈이라도 찢어 죽이믄 분이 조까 풀리것는디.

송순자　(여자 인형을 들고) 엄니 한 번 보고 죽으면 쓰것어. 그 이상은 없어. 꿈에라도 한번 뵈면 쓰것는디……

송동심　큰엄니 앞에서 맨날 통만 줌선, 잘 허도 못 험선.

반월댁이 순자에게 가려고 하면, 세내댁이 고개를 저으며 말린다. 반월댁이 문을 두드리며 들어가려고 한다. 그 소리에 순자와 동심 모두 매우 놀라고 불안해한다. 동심이 반월댁 · 세내댁을 본다.

송순자　(아랫배를 가리키며) 여가 아파. 금방 터져 죽을 것 같어.

송동심　언니, 여기 조선이여, 조선. 밖에 있는 거 징그런 왜놈 병사들 아니고, 엄니들이여, 엄니들.

송순자	안 뵈어. 기억이 안 나, 기억 안 나도 엄니가 젤로 보고 싶당게.
송동심	큰 엄니 오시라고 헐까?
송순자	아녀. 지금 엄니 말고, 옛날 엄니.
송동심	큰 엄니…… 그대로여, 그대로……. (가슴을 친다)
세내댁	(가슴이 꽉 막힌 듯 명치끝을 쓸어내리며) 보고만 있어도 이렇게 맴이 아픈디. …… 남의 청춘을 못 쓰게 해 놓고서는. 피눈물을 흘리게 해 놓고서는. 염병할 놈들, 썩어 죽을 놈들, 벼락 맞아 디질 놈들.
송동심	아이고, 억울혀 죽것네…… 우리는 지은 죄가 없는디 어째서 이 모양 되았을까.
송순자	죄가 왜 없어? 너랑나랑, 거글 갔다 왔응게 죄를 지은 것이제.
송동심	그려. 언니랑 나랑 우리 식구 모다 죄인이여, 암것도 없는 죄인들, 죄도 없는 죄인들…… 우리는 가족인디, 왜 서로를 밉다고 혀야 혀? 시상에는 순자가 너무 많어. 언니도 순자고, 나도 순자고, 엄니들도 순자고. 조선 여자들은 다 순자여, 순자.
송순자	순자 아녀, 오오카. 오오카여, 오오카, 오오카!…….
송동심	그려. 그 징그란 꼴을 다 보고, 뭣허러 왔으까. 죽도 않고 뭣허러 살아서 왔으까. 뭣허러.

반월댁이 쓰러져 운다.

반월댁　아이고 불쌍한 것. 저것들 죽으믄 어쩐다냐.

세내댁　동심아, 순자야, 이놈들이 난중에는 도통 그런 일 없었다고 발뺌헐 것이여. 긍게 살어. 눈 시뻘게지도록 살어. 니가 살었는디, 지깟 놈들이 어쩔 것이여.

세내댁이 두 눈을 크게 뜨고 앞을 노려본다. 암전.

• 4막 3장
〈동심만리〉(1946년 겨울, 밤, 집 마당)

변소에서 작게, 힘을 줘가면서 소리 하는 동심. 종복이가 와서 듣는다.

송동심　(판소리, 힘을 줘가며) 가난이야. 가난이야. 원수녀르 가난이야. 또, 가난이야. 원수녀르 가난이야. 또또, 가난이야. 원수녀르 가난이야.

송종복　또 똥 싸면서 소리 하냐?

송동심　니가 똥 싸면서 소리 허람선.

송종복　권번서 제대로 배워야지, 배운 사람, 안 배운 사람 다르더라.

송동심　이만 허믄 됐제. 소릿기생 헐 것도 아니고…….

송종복　그믄 소리를 왜 허냐?

송동심　소리를 허면 마음이 편안해진당게. 울다가 웃다가 화도 났다가 기운도 났다가 그려. 니는 안 그냐?

송종복　나는 안 그려.

송동심　잘났다, 이놈아. 참, 니 조선글자 다 배왔냐? 야야, 조선 나라 선생이 조선글자도 몰르믄 쓰것냐? 참, 니 선상님 그만 뒀다고 혔지. 어쩌냐?

송종복　걱정마라. 선생은 처음부터 하기 싫었다.

송동심　내가 너헌티 조선말이랑 글자랑 갈치줄라고 혔는디,

송종복　세상이 바뀌었어. 지금 전주는 미군으로 가득해. 아메리카의 신문물이 들어오고 있는데, 그까짓 것은 해서 뭐 하려고? It's the American world now. Now is the time to study English.

송동심　아따, 니 시방 꼬부랑말 힛냐?

송종복　내년 3월이면 전주에도 미군정청 공보원이 생겨.

송동심　공보원? 그게 뭐여?

송종복　아메리카의 선진 문화를 소개하는 곳이야. 영화도 보여 줄 거야. 조선의 아이들은 이곳에서 새로운 꿈을 꾸겠지.

송동심　아~, 그냐……. 나는 너헌티 뭘 해줄까? 소리라도 갈챠 줄까?

(판소리) 아이고, 좋아 죽것다! 궤 두 짝을 떨어 붓고 나면, 쌀과 돈이 도로 수북 허구나.

(E) 현 일본 정부의 망언 관련 국내 뉴스

방 밝아지면, 세내댁이 다듬잇돌에 올라가 빨래를 밟고 있다.

세내댁   (도섭) 살어. 살어라. 천배 백배 만배 피값 받아낸다고 맺힌 원한이 풀리지는 않것지만, 그놈들 죄상 낱낱이 밝혀내니라. 우리는 때를 잘못나서 거시기혔지만, 니들 새끼들 사는 시상까장 그라믄 쓰것냐? 그 시상에도 동심이도 있고, 순자도 있고, 종복이도 있고 느그 아부지 같은 사램도 있것지만, 그럴수록 이 악물고 꼭 살고, 총기 놓치지 말고⋯⋯ 근디, 사람 가죽 뒤집어쓴 승냥이들이 사램 말을 알아 들을랑가? 참말로 딱허고, 딱허다, 잉.

송종복   (배를 움켜쥐고) 야야, 그만 허믄 안 되것냐? 나 나올라고 헌다.

송동심   그려?
(판소리) 일 년 삼백육십일을 그저 꾸여어억 꾸여어억 나오너라. 나오너라. 꾸여어억 꾸역 나오너라.

송종복   야야.

서서히 암전.

한국 희곡 명작선 55

조선의 여자

초판 1쇄 인쇄일   2021년 1월 10일
초판 1쇄 발행일   2021년 1월 20일

지 은 이   최기우
만 든 이   이정옥
만 든 곳   평민사
　　　　　서울시 은평구 수색로 340 〈202호〉
　　　　　전화 : 02) 375-8571
　　　　　팩스 : 02) 375-8573
　　　　　http://blog.naver.com/pyung1976
　　　　　이메일   pyung1976@naver.com
등록번호   25100-2015-000102호
ISBN   978-89-7115-753-4 03800
　　　　　978-89-7115-663-6 (set)
정   가   7,000원